김말분 시집

빛으로 사랑으로

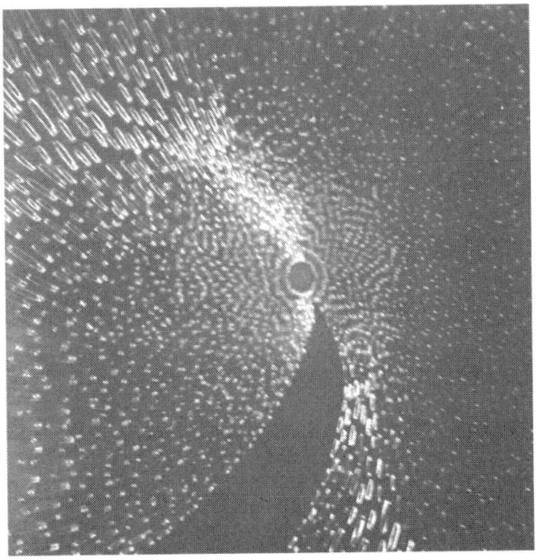

한누리미디어

국립중앙도서관 출판시도서목록(CIP)

빛으로 사랑으로 : 김말분 시집 /지은이 : 김말분. -- 서울 : 한누리미디어, 2014
p. ; cm

ISBN 978-89-7969-479-6 03810 : ₩10000

한국 현대시 [韓國現代詩]

811.7-KDC5
895.715-DDC21 CIP2014016648

시인의 말

세월호 희생 영(靈)들이여!

5월의 이 연둣빛 산소는 그대들의 몫인 것을 못난 어른이 염체없이 마시고 있다는 사실이 죄스럽고 부끄러울 뿐 어떤 말이나 글로도 감당할 수 없이 무너지는 가슴을 흰 국화 한 송이 올리며 감히 엎드려 명복을 빕니다.

갑오년(甲午年) 청마(靑馬)의 해

개인적으로는 칠순(七旬), 10년이 7번이나 지나갔었습니다.

일없이 왜 이리 바쁘지? 하면서 가만히 돌이켜 보니 무언가 찾느라 부시럭 부시럭거리며 많은 시간을 허비해 버리는 일상이 원인임을 최근에 실감하게 되었습니다.

그런 나의 해거름 시(詩)의 길은 매끈한 아스팔트 차량으로 보다 서서히 걷고 싶은 비포장 흙길, 굴뚝에서 연기가 모락모락 초가지붕 위로 번지면 엄마의 손맛이 고파지는 늦은 귀가길.

여럿이어서 더욱 외로워진 시간을 뒤로하고 혼자일 때

완전한 혼자가 되는 여백의 길.

아무것도 모르던 첫 걸음마보다 조금 알아차린 다음 걸음마가 더욱 조심스럽듯이 두 번째 시집을 내려니 어쩐지 망설여지고 독자님들의 시선을 의식하게 되는 것이 사실입니다.

그러나 단 한 사람의 독자분의 말씀에 용기백배하게 되었습니다.

어느 고등학교 여교사님께서 "내가 제일 좋아하는 책이 두 권인데 하나는 법정스님의 '무소유' 이고 다른 하나는 김말분 시집이랍니다."

간접으로 들은 이야기이고 너무 과분한 말씀이지만 프로가 아닌 아마추어의 모자람을 감싸주는 소중한 채찍의 격려로 감사드리며 더욱 노력하기로 하였습니다.

《빛으로 사랑으로》 김말분 두 번째 시집을 탄생시켜 준 가족들, 친구들, 한국불교문인협회 관계자 여러분들에게 깊이 감사드리며 영원한 아침이 열리는 새벽 예불의 행복 또한 감사 감사의 기도입니다.

2014년 5월 1일

지은이 김 말 분

차례 Contents

제 1 부 빛으로 사랑으로

차례 Contents

제2부 행복한 시간

제3부 순례의 길

차례 Contents

제 4 부

누비처네

제 5 부

어느 멋진 날

차례 Contents

제 6 부

어디로 가야 하나

제1부

빛으로 사랑으로

참을 인/ 빛으로 사랑으로/ 호미씻이/ 산책길
몸짓 눈짓/ 거제도의 가을꽃/ 가을 · 1/ 가을 · 2/ 가을 · 3/ 삶이었으면
노을 · 1/ 노을 · 2/ 석류/ 배추 밭에서/ 국화차 나누며
해송자/ 서울의 가을/ 무말랭이

참을 인(忍)

하얗게 눈 덮인 뒤안길
그 위를 미끄러지는 햇살
나뭇가지는 바람을 달래며
봄을 재촉한다
어떻게 왔을까
나에게로……

이끼 낀 마음을 씻어주는
아가의 울음과 웃음
맑은 눈동자 속에 멈추면
감히 잡을 수 없는 작은 손
누가 보내 주었을까
나에게로……

별빛 속에 업의 무게를 내려놓고
새로운 우주가 열리는 새벽
보은에 감사와 참회의 기도를
허락하시는
거룩한 님이시여
어디로 오셨나이까

나에게로……

참을 인(忍) 나누고 버리는 섭리로
참을 인(忍) 베풀고 거두는 인연으로
참을 인(忍) 등불 밝힌 밝은 길로
징검다리 건너서 살며시 왔더이다
나에게로……

빛으로 사랑으로

거실로 들어온 겨울이
한결같이 동으로 난
창밖을 바라보고 있다

웃음 속에 들어온 꽃들이
한결같이 무한의
사랑을 바라보고 있다

손자녀의 눈망울 속에
들어온 할미의 가슴이
한결같이 황금빛
룸비니를 바라보고 있다

내리신 축복 속에 들어온
보은(報恩) 니르바나 종(鐘)소리가
한결같이 극락정토를
바라보고 있다

한결같이
빛으로… 사랑으로…

호미씻이

처서에 비 내리고 간밤엔
아미타 부처님 뒷전에서
부엉 부엉 부엉이 울어
하얗게 지샌 낮달이
허공에 버려진 새벽
절간 마당에 잡초나 뽑을거나

여행하던 바닷길
하염없이 바라보며
"보고 싶다 연월심(큰언니)"
같이 할 수 없는 아쉬움에
뱃전에서 속눈물 삼켰던
작은언니와 나

백중 처서 지나온 바람에
호미씻이
"게으른 폐가에 잡초가 무성하니라"
이 새벽 돌아와 다독이는 큰언니 목소리
잡초 이파리 끝에
방울 방울 이슬인 양 맺히네

산책길

지난 가을 모두 비우고
황금빛 흙이 된
밤 껍질과 솔갈비를 밟으며
부모님 입김으로 불어오는
강바람 가슴에 안고 걷는 길

푸얼썩!
나래 펴고 옮겨 앉는 꿩들과
작은 산새들 반겨주고
망상은 숲속 삭정이와 누워
잔심의 스승이 되라 하네

짙은 솔향기 선방 가득
푸른 화두만 고고하더라

우울한 하늘 아래
매연의 안개길 걷는 벗들에게
나누고 싶은 산책길
홀로 선택받은 덤으로
황금빛 솔바람 한아름 안겨 주네

몸짓 눈짓

보이는 것은 바람이 아니다
바람을 맞이하는 몸짓일 뿐이다
그 몸짓이 우리를 지배하여
멈추지 못하고 돌아가고 있다

보이지 않는 것은 마음이 아니다
마음을 찾으려는 눈짓일 뿐이다
그 눈짓에 등을 밝히며
인연 따라 살다가 돌아오고 있다

거제도의 가을꽃

방울물은
함께 어우러져
낮은 몸짓으로 흘러
넓고 깊은 바다가 되더니
늘~ 푸르다

우리에게 눈물이었던 것들은
서로 사랑하면서
익은 몸짓으로 나누어
높고 맑은 하늘이더니
늘~ 웃는다

거제도의 가을꽃
이름을 불러주면서
입가엔 하얀 리본
어깨동무 나이테 지우더니
늘~ 행복하다

가을 · 1

간밤엔 먼 듯 가깝게
부엉이 울어쌓더니

안개 걷히는
절간 마당에
가을이 낭자하다

귓전에 쓸쓸히
빈 바람소리

대빗자루에 실려
흙빛을 닮아도
농익은 사랑은 남아
댓잎 하늘과 소곤대는
푸른 사연으로 남더라

가을 · 2

만남으로
천 년을 침묵하는
법당 문살에
낙엽 하나 기대어
석등을 데운다

버리면 가득하고
놓으면 무거워지는
잊었다 하고
잊으면 잊으려 하면
어느새
곁에 머물고 있는…

헤어짐으로
천 년을 밝히는
석등 그늘에
낙엽 하나 기대어
서리 서리
젖는다

가을 · 3

바람으로 태어나는
숲속의 진통을 듣는 밤

어떤 사랑이 돌아와
부엉이로 울어 새며
어떤 미움이 돌아와
딱따구리로 어둠을 쫓는지

서산 노을에 꿈을 태우고
챙기지 못한 사연
허공을 맴돌아도
가야만 하는 가을아

하얀 햇살이 동행을 기다리는
들국화 흐드러진 산길
갈바람 허리에 온몸을 싣고
가야만 하는
아— 가을아

삶이었으면

비어 있는 소리들이
비엉 비엉 머무는 대숲에
모여 앉아 고픈 울음 우는
새들의 따뜻한
둥지가 되어 주었으면…

쑥부쟁이 쑥덕 쑥덕
흐드러진 산길에
기울이면 비워지는
물 사발이었으면…

주검들이 주섬 주섬
사다리로 자라는 허공에
불면 사라지는
한 점 구름이었으면…

향을 사르고
향긋 향긋 번뇌를 태우고
향내음으로 사라지는
삶이었으면…

노을 · 1

맑은 이슬만 먹고 자라면
어느 한 생은 꽃이 되리라
노을은 연유도 모른 채 붉어진 것을…

외나무다리 위에
하필이면 마주하여
소용돌이 속으로 돌고 도는 꿈

꿈은 아무래도 제 탓이 아니라고
아주 특별한 바다에
전설이 되고픈 인어의 슬픔

접어서 버린 세월 제 탓이 아니라고
우기면 우주가 되는 어항 속
그림자 찾고 싶은 붕어의 슬픔

고운 그림 그리며 님을 부르면
어느 한 생은 나비가 되리라
노을은 사랑을 알면서 붉어진 것을…

노을 · 2

뜨거운 질주의 시간
다시 올 파도를 위해서
태운 것들이 재로 남아
하늘을 물들인다

버릴 수 없는 것을
버려야 하는 기도 앞에
이내가 흐르는 하늘가
그대는 보셨나요

정녕 지울 수 없는 것을
지워야 하는 눈물 앞에
잡은 손 떨리며 걷던 길에
뇌성치던 심장소리 들으셨나요

떠날 차비를 서두르는 순간
빰연지 다독이던 거울을 접고
기다림의 뒷짐도 풀어 놓으며
노을은 깜박 쉼표를 찍는다

석류(石榴)

새들의 핏빛 사랑노래 멍울지고
수정의 뜨거운 눈물 방울방울
금지된 여자의 밀어로
다소곳 석류꽃 피고 있네

카르맨의 슬픈 춤사위 혼불 되고
드레스에 붉은 정열 출렁일 때
금지된 여자의 원죄로
눈물 떨치듯 석류꽃 피고 있네

그대 앞에 언제까지 꽃이고 싶은
포장된 여자의 질긴 미덕으로
안으로 익어 버린 영롱한 루비
새콤한 한 자루의 핏빛 사랑

배추 밭에서

갓난아기 목욕 시키듯
어린 모종에 물을 주고
흙을 씻어 주던 배추밭 고랑

나보다 넓어진 떡잎이
초록 이슬을 모아
동행의 길에 뿌려주고

나보다 알찬 속내가
노오란 시어의 갈피로 여물어
게으른 핑계를 조아리게 하네

홀로 흐르는 강물에
번득이는 화두의 비늘을 찾으려
탐간영초를 잡고
관음성상 전에 한나절
허망 허망의 구름
서글프기만 하더라

배추밭에서

몸보시 그날을 기다리는
낮고 풋풋한 합창에
나도 동색의 목청을 조율해 본다

국화차 나누며

비워지지 않는 찻잔
마주하며 낭비하던
그대는 허상
비워지는 찻잔
마주하며 고이 접는
그대는 무상

국화차 나누며
안으로 안으로 젖어 오는
국화향에 안개 사라지는 순간
생존만의 베일을 벗는
누군가 보인다
시어(詩語)보다 먼저 눈물 떨구던
연유의 신비를 맞이하며
잊혀질 뻔한 여자를 만난다

국화차 나누며
부끄러운 꽃잎 떨고 있는 줄 모르고
자유로운 나무뿌리 깊은 줄 모르듯
그대의 잔 속에

내가 달빛보다 밝은지
나의 잔 속에
그대가 별빛보다 빛나는지
밤은 빈 잔 속으로 속절없는데
있고 없음이 둘이 아니라면
그 사이를 비집고 살아 볼거나

국화차 나누며
질 좋은 나이테도 깊어만 간다

해송자(海松子, 잣)

구름이 비 내리고
오늘은
나도 울고 있다

다섯 손가락
성긴 사이로
숨죽인 시절아
진주빛 속앓이
방울 방울 영글은
해송자

구름이 솔잎에 찔리고
지금은
나도 아파하고 있다

붉은 잣나무
해묵은 사이로
팔베개 누운 솔향아
무지갯빛 꿈속에
방울 방울 영글은
해송자

서울의 가을

—양재천에서

서울의 가을은 외롭다
새벽길 낙엽 내음이 불러도
귓전에 너무 바쁜 시간만 들리고
백발의 억새들 옛이야기 넘쳐도
문전엔 너무 빠른 바람만 떨어진다

아파트 옥상 위로 떠오른 달빛
양재천 지친 꿈속으로 찾아들어
하늘에 홍시감 지키던 고향집
머리에 알밤 떨어져
울고 불던 뒷동산
누비저고리 벗고
쓸쓸히 그림자만 누웠던 미루나무
만나보다 깨어 버린 몽통한 창가에
허전한 주머니 털며 서두르는 햇살

서울의 가을은 외롭지 않다
아스팔트 위에 노오란 낭만이 쌓이고
커피잔에 국화향 스며드는 카페에
오카리나 우정이 반세기를 연주하고
행복한 계절은 늘 아쉽게 헤어진다

무말랭이

서슬 푸르던
시절 잘리고
질편 고였던
시절도 멀리

고른 바람 굽어서 불고
무지개 햇살 빛을 거두네

수많은 사계절
곰삭은 고집
씹을수록 살맛나는
다정이란다

무와 무말랭이 사이
무심차(無心茶) 향기가
흐를 뿐이다

제2부

행복한 시간

빈 깡통

70에서 0을 떼어
동그란 주머니 만들고
그 안에 푸른 하늘과 바다를 채워
내려놓으면
가벼운 7살
가을 소풍 거제도

빈 깡통 막대기로 굴리기
마음이 앞서 자빠지고 나뒹굴고
빈 깡통보다 요란스런 웃음소리
허리 붉은 해송들도
배꼽을 찾는다

사금파리, 나무막대기, 잔돌보다
신기하던 빈 깡통
장터마당 달빛 어스름할 때까지
차고 굴리며 반딧불도 신나던
그리운 그 시절

플라스틱 분리수거 자루에

버려도 버려도 남아도는
손자 손녀들의 오색 장난감
공해라는 말은 본래 없던 말
미안한 어른들 괜히 재촉이다
닦아라 씻어라

70에서 0을 떼어
동그란 가방 만들고
그 속에 나와 너를 채워
던져 버리면 가벼운 마음
가을 소풍 거제도

행복한 시간

빈 자리가 많이 남아 있는
한적한 시골 버스
차창에 앉아
번뇌 망상 속에 멍청이
혼자일 때

햇살이 마른 잡초를
황금빛으로 물들이는
가을 산길
쑥부쟁이 보라색 꽃들이
기다리고 있을 때

새벽예불 법당을 나서면
어릴 적 멍석 위에
친구들과 누워
세어 보던 그 별들을
볼 수 있을 때

하여 행복한 시간은
아무래도

혼자일 때

무서운 것이
사람과 그 뒷소리인 것을
깨닫는 데
70년이 걸렸다

글이 없었다면
무엇으로 벗했을까
무상의 위로로 보듬어 주는
시어가 가슴을 데워 줄 때
행복한 시간
고마운 시간

가서랑 비서랑

가서랑 가서랑
가랑잎 쓸려 가는 소리
비서랑 비서랑
빗자루 쓸어 내리는 소리

아래로 흘러서 바다가 되고
아래로 쌓여서 산이 되듯이
흐르고 쌓여서
가을 하늘에 닿아
소슬바람 쉬어 가는
큰 가슴이여

시작도 끝도 없는
나이테 밑둥에 둥글게 앉아
풍경소리에 건조해지는
노을을 타고
나는 나에게로
돌아 돌아온다

출구(way out)

봄날에 만나 어느덧
가을과 동행하는 친구들아
새들도 넘어가지 못하였다는
문경(聞慶)새재
짚신을 고쳐 신던 옛 과거길
우리는 맨발로 흔적을 밟는다

낙동강 젖줄에 여자로 자라
한강으로 꿈과 생존을 나르다
한숨 돌리며 쉬어가는
문경새재
오늘은 오카리나에 연륜을 실어
무시로 드나드는 삶이 되는 순간

헤어지는 가을이 아쉬워
봄을 노래하는 친구들아
옛이야기 서곡으로 넘어가야 하던
문경새재
계곡물엔 고운 물결 같은 맨발들
간지러운 낙엽이 배꼽을 쥐는 출구

밤(栗)

유월의 숲에서는
하얀 가슴 풀어 헤치고
불꽃놀이
옷고름 여며도
밤꽃은 피고
향기는 햇살보다 먼저
문을 두드린다

가시 돋힌 눈초리 안으로
스스로 자라는
실속의 하안거(夏安居)

어느덧 하늘이
보석빛 보루에 앉으면
하얀 순정만 먹은
청정한 속내
부드러운 보늬를 입혀
시절 인연 기다린다

당신의 사랑은 몇겹의 단돌이로

간직한 소중한 진실이옵니까
얼마나 깊이 영글은
티 없는 아픔이옵니까

시월이면 낙엽 속에
무상(無想)의 보시
흙빛 독안에 간직한
빛나는 청춘을 열어
산 식구들 곡간을 채워 주고
후두둑 후두둑
빈 손으로 가는 소리

사랑 · 1

그대로 마냥
그대로인 것이 없다
미래는 안개 자욱하고
어디에 무엇에다
물어 보아야 하나
하늘 끝자락을
나서 보아도
대답 대신 아침은 열리고
어두움은 우리 모두를
잠재울 뿐이다

살아 있음을
서로에게 보여주는
오늘을 사랑이라고 하자
불러 보는 목소리
폭포 속에 맡긴 채
하염없이 흐르는
이 순간을 사랑이라고 하자
자리매김 약속
천 년을 다하지 못하고

무너져 멸하는 것을
사랑이라고 하자

우주 공간 어느 세상 있어
어우러져 살고 있는 강물과
나무와 꽃과 새들, 우리 모두를
바라보며 사랑이라고 하겠지

우리가 저들을 별이라 하듯이…

사랑 · 2

휘이룰루 휘이룰루
휘파람새 노래 따라
대숲을 기웃거린다
태양 앞에 진 빚을 갚으려
그늘의 갈등 스스로 거두고
시간에 매달린 가을은
한시름 지피는 뜨거운 불

후루룩 후루룩
나를 부르는 새 울음 찾아
공든 탑 무너진 폐허를 걷는다
파도 앞에 던진 돌팔매 건지다
절여진 상처는 스스로 아물고
오색의 눈물 흘리는 가을은
한나절 부신 눈 감아보는 체념

째꺼억 째꺼억
목청껏 짝을 찾는 새 울음 높아
저무는 우듬지 눈썹달이 우울하다
일 없이 서성이는 길목에

쓸쓸히 돌아눕는 낙엽이 쌓이고
절룩이는 가슴이 시린 가을
하루의 그림이 지워지는 사랑

사랑 · 3

만난다는 것은
헤어짐의 또 다른 말
낯선 사랑을 만나고
낯익은 나와 헤어지는 것

돌담은 그리움만큼 높이
외로움만큼 철저히 쌓이고
창호지 문고리에 잠겨 버린 세월
바람을 낫질하던 푸른 길에
어느 한 철 피었다 지는 풀잎이려니

햇살은 그리움보다 따사로이
외로움보다 가벼이
창호지 문살 사이로 열어 버린 세월
바람을 손사래치며 울음 우는 길에
이 가을 피고 있는 꽃잎이려니

봉화산 정토원 은행나무

대숲 언저리에
어쩌다 뿌리내려
외로움에 허리 굵고 키만 큰
봉화산 정토원 은행나무
대숲의 공론에 외람 되어
수광전 앞으로 가지를 뻗어 본다

보석 같은 붉은 꽃 피우는
배롱나무 기세에 뒷전이더니
잎들을 노오랗게 물들여
오늘은 갈바람 타고
꽃잎으로 흩날린다

눈보라 냉정한 계절
휘청이며 군소리 잦은
대숲 앞에 보란 듯이
언 햇살 다가와
눈물처럼 녹으리…

자두나무 아래에서

붉게 익은 밀어는
밤과 낮의 다스림으로
타는 입술 굳게 다물고
상큼한 유혹의 미소로
죄와 벌을 망각한 채
달콤한 씨앗만 감추려 하네

자두나무 아래에서…

이미 우주가 잉태되던 순간
이브는 원죄로 빚어진 선물
핏빛 화살을 향해
태양은 뜨거운 가슴을 열어
사랑과 미움을 먹고
수줍은 언덕을 보이려 하네

거미

우리를 볼모로 하는 끈적임
정(情)이란 무색의 실을 뽑아
날줄과 씨줄의 허공을 짓는다
삶을 위한 방식이
죽음을 부르는 거래인 것을
땅거미 질 때
또 내일을 믿는다
사랑을 따라 나설 땐
시력은 주머니 속에 잠들고
작은 날개에 미동도 멈출 즈음
채웠던 자물쇠 녹슬어
한 줌 재가 된 주인에게 물어도
강물은 어제의 강물이 아니더라
손사래 치는 물결 따라
나를 변명하는 습(習)은
질기게 따라다녀
끝도 시작도 없는 집을 지어
바람이 지붕이라 믿고 잠든
거미

안녕하세요

안녕하세요
아침 햇살 같은
우리네 한 마디를 얼마나
아끼고 인색했었던가

일본 야마나시(山梨)
새벽 산행길
보이지 않는 기척에도
"오하요 고자이마쓰" (아침인사)
"곤 니치와" (낮인사)
어린 학생들 한국의 할머니도 챙긴다
서로가 배려하는 친절이
숲속 불빛보다 밝은 목소리다

하심(下心)은 먼저 주고
다음 받는 것

댓잎은 눈꽃을 이고
고개 숙이며 웃는다
소나무는 갈잎을 내려놓고

무소유로 청정하다

지나온 날들
너무 많은 선물을 받기만 했었다
마주하는 누구에게나
만남의 소중함을 감사하자

안녕하세요
먼저 하다 보면
모두가 반가운 인연
산처럼 편안하고
물처럼 부드러워
연꽃의 미소를 닮으리라

인연(因緣)

어찌 보낼 거나
어찌 보낼 거나
작은언니 보내며
목놓아 통곡하던 큰언니
뒤따라간 지 몇해

인연이란
먼저 보내야만 하고
먼저 떠나야만 하는
가눌 길 없는
슬픔을 안고 오는 것

미완성의 가슴 바다에
파도는 왜 그리움이 되어
스스로를 태우는
허망한 불씨가 되려 하는지

인연이란
눈 내린 바위의 미련으로
꿈속의 낯익은 동행으로

누구의 뜻도 아닌
집착의 고리로 물려 도는 것

어떻게 보낼려고
어떻게 떠날려고

순례의 길

티베트, 잔스카르, 몽고, 히말라야
흑백사진 빛과 그늘
그 안의 모순과 인내, 고뇌와 행복
순간 순간 침묵의 징검다리 건너는
순례의 길

윤기 없는 바람의 무대
오로지 본 마음을 헤아리는 연기
오색 풍선은 바다에 수장하고
진리를 찾아 나선 리차드 기어
부처님 옆자리를 지키던 인연으로
일등 포교사의 조건을 부여받고
들뜬 세상을 다독이러 왔나 보다

마음을 나누는 웃음은
사진 속의 어두움마저
빛으로 스며들어 작은 우주로
불안과 소외와 상실의 눈동자들
잠재우는 고요로 흐르고
인간적인 시간의 평등 앞에

고통의 부재가 숨어들어
비내리는 6월의 서울 거리에
초록의 만찬을 기다리는
무언의 눈빛
우리 모두의 마음자리 어느 한 켠

흑백사진 생존과 생활
그 안의 허무와 본질, 자유와 기아
지금, 오늘을 담아 미래로 향하는
순례의 길

모서리

늙은 한숨소리 들리는
몽돌 바닷가
파도가 혓바닥으로 녹여
서로 빛이 된다

밤새 부엉이 눈을 뜨는
바위 산마루
바람이 제 살을 부벼
조각 공원이 아름답다

핏자국 선명히 할퀴는
미움의 모서리
촛물 흘러내리듯 사랑으로
스스로를 태워 밝음을 주고
별이 될 일이다

공존의 2월

산에는 새들만의 사랑법
공존의 2월
허공의 길 위에
한 소절씩 머문다

매화 봉오리에 터질 듯 눈물로
솔잎 푸른 향에 뜻 모를 꿈으로
억새꽃 미련으로 나부끼며
바위등걸 얼음 위엔
흐르지 못하는 가슴앓이로…

내 안에 또 다른 나와 만나는
공존의 2월
잔 물결 속의 별무리와
밤바다의 고독과
순백의 열정 그 슬픔까지도
타래 타래 땋아내린 댕기머리처럼
여름, 가을, 겨울 그리고 봄

순(順)이야 순이야

순이야 순둥아
일에서 돌아와
잠든 아기에게
고맙고 귀여워 젖을 물리며
엄마가 불러주던 그대로
순(順)이가 된 이 땅의 딸들

시냇물 흐르듯
길게 빗어내린 머리에
붉은 댕기 물려주며
"순이야! 매사에 누구에게나
순순(順順)히 순응해야 하느니라"
할머니가 어머니가 그랬듯이…

전쟁으로 병마로 굶주림으로
먼지만 자욱한 바람 속에
듣는 이 없어 홀로 지치던
소리없는 울음이 흘러 흘러
바다엔 이름 모를 이름들이
파도처럼 밀려오는 오늘

초점 잃은 어린 눈빛들
차마 두고 가지 못하는 길에
황매화 흐드러지게 피어
밝은 세상 인도하시니
부디 극랑왕생하옵소서
두 손 모아 간절히 기원드리옵니다
순(順)이야
순이야

미소(微笑)

흐름에 맡긴 채 떠내려가는
작은 풀잎이옵니다

호흡마저 멈춘 폭포수
혼백을 삼키는 소용돌이
나를 건져 올린 안개비 사이로
실 같은 빛
님의 미소를 보았습니다

떨어지는 잎이
어찌 너만이더냐
이별이란 남아 있는 것도
보내는 것도 아닌
서두르고 뒤따르는 경주 한 마당

햇살 넓은 연잎 아래
둘이 아닌 하나의 길
사랑하는 사람아
곱게 피는 연꽃 속에
님의 미소를 보았습니다

섬

장대하고
우렁차고
청정한 폭포에
전부를 던지고
꽃잎 하나 흘렀다

밤새 모은 별빛을
햇살이 쏟아 부을 땐
별이 되어 반짝이다

거센 물거품
젖은 눈 떨면서
스스로 소용돌이
깊이 깊이 묻어 놓고

잔잔한 잔물결
함께 흘러도
하늘 빛 달리 하리

꽃잎은 섬이다
섬은 꽃잎이다

문(門)

외로움의 문은
보고픈 눈물로 열리고

그리움의 문은
새들의
아침 노래로 열리지만

내 마음의 문은
넝쿨장미 사철
피고 진다 하여도
열린 듯 닫힌 지
오래된 슬픔

우주의 문은
오로지 혼자일 때
열리나니

무심차(無心茶)
황금의 잔에다 채우면
마냥 넉넉하고 한가로웁다

생전예수제(生前預修齊)

연잎에 이슬 구르듯
허공에 구름 흐르듯
가리다
이 세상 떠나가리다

무색의 날갯죽지
화알짝 펴고
초승달 코버선
하늘 향해 쭉 뻗어
콧노래 들리는 새벽으로…

빗진 무게만큼 깊은 발자국
고인 빗물 마르고
자란 인연들 낫질한 언덕에
꿈을 깬 여명의 눈시울
뻐꾸기 울음이 초록으로 피는 날
밝은 등불 아래 향내음 가득한
님의 나라로
가리다
이 세상 떠나가리다

서울역에서

기다림이 꼬리를 물고
돌아가고 있다
눈을 감으면 30년 전
낯설고 두렵던 2월의 서울역
늦여름 열기에도
가슴이 얼어온다

빠르고 새로워
윤택해진 걸음들
떠나는 흔적만큼
다시 돌아오는 인연
먼지처럼 나부끼는
나의 낡은 웃음

한세월 지난 뒤
손 흔들며 지우는 환상
안개 자욱한
강 건너 산마을인 양
영원한 것은
아쉬운 이별이란다

공(空), 0

속은 비어 있는 듯
바람 가득하고
어디로 튈까
자동 브레이크는 없다
이 손 저 손
잡아주는 손이면
다 내 집이다
하여 던지면 돌아오려나

꿈인 줄을 알고 깨어나면
만나게 되는 것이 공(空)일까
새들의 길섶에도
토끼풀 꽃피겠지

언제 모난 서러움 다 닳아
둥근 웃음 전하게 될는지…
없다. 비었다 하더니
탱자나무 울타리는 자라고
있다. 가득하다 하더니
대문 빗장은 열려 있네

첫눈을 기다리며

하나 둘 헤아려 봅니다
목련 가지 끝에 마른 잎
첫눈을 기다리며

댓바람에 흔들리고 있습니다
보내고 돌아와 뒷모습 지우지 못하고
다잡아 보는 모진 냉정이
자꾸만 떨어지려
하는 까닭입니다

서로의 언 세월을 녹여 보려 해도
걸맞지 않아 지우려는 풍경
낙엽들 서걱서걱 마른 헛기침이
자꾸만 어른을
달래는 까닭입니다

하루 이틀 헤아려 봅니다
언덕 위에 남은 가을꽃들
첫눈을 기다리며

임진년 끝자락에

임진년 끝자락에
눈이 내린다

댓잎에 쌓인 눈물도
부러질 순 없음으로 하여
말 없이 허리 굽혀 내려놓는다

비운 속내엔
소롯이 내 탓으로 채우고

굴참나무 성성한 우듬지에
눈시울 따라온 낮달 하나가
내 언 손을 잡으며
고개를 끄덕인다

겨울나무

마음이 추운 사람들
걸음에도 옷을 입었다
마음에 믿음이 떠난 사람들
폰에 시선 두고
마주하지 못한다

겨울나무 한 그루
주머니에 넣고
처음 발자국 내며
눈길을 걸어 본다
사치하던 겉치레
다 벗어놓고
무성하던 소리들
다 잠재우고
영글던 욕망도
다 내려놓고
돌아보는 발자국 속에
혹여 남은 후회마저도
내리는 눈에 덮여
흔적을 지운다

차고 거센 바람
비켜간 자리에
하얀 인연을 놓칠세라
마음이 따뜻한 겨울나무
눈꽃을 피운다

알터(cup mark)

옛 가락국 태자암 자리에
지금의 봉화산 정토원
부처님 어깨자락 사자바위에 서면
상고적 낙동강이 바다와 만나
출렁이다 멀어지고 남은 늪에
초록이 자라고 있는
들판이 한눈에 펼쳐지고
발등 앞 빗물 고인 알터에
하얀 국화로 돌아와
밀짚모자 웃고 있다

산비탈 푸성귀로 가난을 채워도
어머니와 그 어머니의
어머니들이 그랬듯이
해어진 짚신도 벗은 채
봉화산 산신님 선정에 드는 바위 위에
작은 홈을 파고 두 손으로 기를 모아
오로지 후대만은 큰 뜻으로
살기를 간절히 빌었었다
이제는 뜻을 이루고 돌아온

아들과 함께 쉬고 있는 하늘이
알터 속에 명경처럼 보인다

전쟁의 화약 냄새 잡초도 허기진 시절
관세음 보살님 호미자루 손에 들고
대나무 소절마다에 역사가 자라는 아침
온나라가 부엉이 눈으로
부엉이 울음을 울던 날
부엉이 떠난 바위도 통곡하던 소리
오늘도 팔랑개비와 노오랗게 돌고 있는데
백두산 천지의 오래된 염원의 바람
봉화산 사자바위 알터에 머문다

제4부

누비처네

주사위/ 선비춤/ 사경/ 손때 묻은 놀이터
마음의 가시를 면도하는 법/ 잔심/ 자유/ 일체봉밀영가/ 누비처네
아름다운 카멜레온/ 방아섬/ 해바라기 그림자/ 차를 마시며
새벽 종소리/ 무소유가 소유한 의자/ 네잎 클로버
계사년 새해를 맞이하며/ 길 잃은 봄비

주사위

외로움의 눈물은
안으로 흘리며
달을 보고 점을 친다
그리움의 눈물은
바람으로 씻으며
돛을 달고 배를 띄운다
사랑의 눈물은
감출 수 없어
그대 가슴을 적신다

지난 일은
태양 아래 해바라기 지듯하고
오늘 일은
푸른 하늘 웃음가에
비익조 되어 날개를 편다
나중 일은
심심산골에 없는 듯이
피고 지는 이름없는 꽃일레라

주사위는 던져지고

환호와 절망의 얼굴을 읽는다
보이지 않는 얼굴을 합하면
결국은 행운의 숫자 7
보이는 절망은
숨은 환호를 아낄 뿐이다
아가의 손에
태초의 산소를 쥐어 줄
주사위의 숫자는 어디에…

선비춤

번데기의 적막에서
나비의 자유는 새로운 길이다

성현들의 말씀 위에
도래질하던 달빛 모아
활짝 펴는 합죽선

곧은 뜻과 여운이 선으로 이은
청기와 지붕을 넘나들며
하늘이 되는 하얀 도포자락
살포시 들어 올려 길을 열어주는
푸른 콧날 세운 버선

너를 잊어야 하는 모색은
나를 버려야 하는 춤사위
돌고 돌아 회오리바람으로
사라지는 허공 덩실대는 강물아
무엇을 지우려 어깨춤 흐느끼나

장단에 꽃걸음 한 시절인데…

사경(寫經)

2011년 5월부터
대방광불화엄경(大方廣佛華嚴經) 전 80권
사경하는 가피를 입었다
견성한 보살이 환희지를 넘어
장엄한 성불에 이르는 여정
부처님의 법신 사리를 모시듯
심신을 청결히 하고 일념으로
연꽃을 피우리다
태초엔 종려나무 껍질인 패엽(貝葉)에
법어를 기록한 패엽불전
우리 최고(最高)의 사경
신라백지묵서 대방광불화엄경

사경의 공덕은
십만억 부처님께 공양드리는 공덕과
같다고 하시는 비할 바 없는 복
감사히 받아 지녀
한 권 한 권 수행의 꽃밭을 가꾸어
선지식을 찾아가는 길을 따라
꽃씨를 뿌리리다

손때 묻은 놀이터

고사리 손으로 쇠줄을 잡고
좋아라 그네를 타는
아가를 보면 안쓰럽다
플라스틱 스테인레스
미끄럼 타고 내려와
할머니 하고 자랑스러워 하는
아가를 보면 왠지 나만
가슴 아파 꼭 안아준다
할머니 어린 시절 생각나서 그런단다
그땐 온 천지가 놀이터였지 아가야
소나무 가지에 노끈 매고 타던 그네
강가 갯벌에 맨몸으로 미끄럼
강언덕 풀냄새에 젖어 딩굴며
강물이 씻어놓은 은모래로
두꺼비집을 짓고
책가방 던져두고
소금쟁이 따라 물장구
넓은 흙마당 반딧불 머리 이고
숨바꼭질 고무줄 놀이에
해지는 줄 모르고

들꽃 풀잎 지천이던 장난감
학교 울타리 고목이 된 벚나무 아래
쌓인 꽃잎 던지며 선생님과 꽃싸움
비가 오면 흠뻑 젖어 내달리던 들판
뒷산엔 토끼들 숨바꼭질하고
꿩이 푸드득 날아오르면 나도 놀라
눈부신 하늘 향해 내가 자랐지
"할머니 놀이터 가자"
좋은 날만 나와도 저리 좋아하는
짜투리 땅에 손때 묻은 놀이터
왠지 나만 미안해
손 잡고 울타리를 벗어나 본다

마음의 가시를 면도하는 법

용서의 비누를
바르고 또 바르고
원망의 가시는
거품 속으로 거품 속으로
수행의 칼날로 싹뚝 싹뚝

투명한 거울 앞에서
내 탓으로 내 탓으로
나에게 전부였던 그 무엇
사랑까지도
소중하게 포장하여
선물하자 선물하자
하물며 나라는 무상
버리자 버리자

서로 부둥켜 안고
추위와 외로움 녹이려다
서로에게 상처만 남기는
고슴도치 이야기

어우러져 살지 않고는
살아갈 수 없는 우리네 삶
마음의 가시를 면도하는 법
편안한 온기를 나누는
삶이 되리라

잔심(殘心)

한 줌의 바람과 신음을 뒤로하며
날개 접은 철없는 접동새 한 마리와
스치는 창밖의 한가함을 싣고
열차는 바쁘게 당신 곁으로

커피 잔 아래로 가라앉은 인연들
한 모금의 고독은 어디로 가는지
따라오는 하늘가 떨어지는 하루
진홍의 노을은 어이해 서러움인지

한 송이 꽃잎의 진통을 남기고
철길엔 기다림의 화살이 멈추어
빈 커피잔에 날세운 냉소를 채우며
잔심(殘心)의 속잎이 돋아나고 있다

자유

자유의 줄 서기에는
왜 자유가 없을까
미완성의 끝자락에
자유가 숨어 있을까

둥지를 영원히 찾지 못해도
질서는 언제나 앞장을 서고
지울 수 없는 것이
버릴 수 없는 것이
놓을 수 없는 것이
무리지어 차지하는 자유

선 채로 아침을
흐르는 채 어둠을 만나
바위 같은 바람
바람 같은 약속이
너와 나를 내리고
떠나는 자유

자유의 길에는
왜 자유의 날개가 없을까

일체봉밀영가(一切峰密靈駕)

위~잉 위~잉
벌떼들의 영혼이
새벽 종성에 실리고 있다

안개 속에서 홍정을 잡고
실마리에 매달린
독약 같은 무지와
이기적인 엄살에 죽어간
일체봉밀영가

꽃에서 꽃처럼 사뿐이
기척 없이 머금어 모아둔 꿀과
여왕을 따라 목숨을 같이한
아직 태어나지도 못한 씨눈과
수많은 가족들

아— 살생중죄금일참회
아깝고 죄스러운 가슴의
나날이 짙어가는 검은 멍까지
배롱나무 아래

함께 묻는 아버지

일체봉밀영가시여!
부디 극락왕생하여
이고득락하소서!

누비처네

첫아이 출산을 볼 수 없었던 작가는
누비처네에 업혀 방긋 웃는 아가와
같이 걷는 행복을 연출해 주신
할아버지의 속사랑을 잊을 수 없어
쓸모 없어진 낡은 누비처네를 버리지 못한다

언제 어떻게 버려졌을까
첫아이 업고 친정나들이 갈 땐
자랑하고픈 아이의 눈망울 만큼이나
밝고 초롱초롱하던 꽃무늬 누비처네
친정엄마가 병중에도 마련해 주신 뜻을
둘째 허리춤에 업고 임종을 맞았을 때
목놓아 목놓아 통곡했었다
지금도 대책없는 나의 어리석음은
딸만 넷을 둔 칠거지악의 종부

업고 안고 걸리고 손잡고
피난 길이 이러 하리 상경의 길
체온을 유지해야 하는 무대에선
낡고 빛바랜 누비처네와 10년은

냉소로 포장하여 나와 함께 버리며
철저한 시작만 빈손 안에 챙기고
넋을 키워준 고마움도 잊어야 했다

가끔은 하늘이 무너져 내렸고
솟아날 구멍은 지옥의 문
울지 말아 웃어야 산다
나를 업어 일으켜 준 엄마의 목소리

손자 손녀들 따뜻이 업어줄
밝고 쫌쫌히 누빈 꽃무늬 누비처네

아름다운 카멜레온

특별한 초대를 일소에 부치고
눈썹 인사가 낯설지 않은 새벽길
기다림은 하나의 장식으로 걸리고
카멜레온의 변신은
완전한 혼자가 되고 싶은 보호색
더불어 살다 흩어진 진실을
날마다 헤아리는 잊혀진 방정식

보편적인 욕망을 달빛에 묻고
불멸의 탑을 쌓는 불빛도 없는 길
고독은 하나의 사치로 흥정되고
카멜레온의 변심은
오로지 본색을 퍼올리는 두레박의 눈물
어우르다 헝클어진 매듭을
멈춘 호흡 사이로 풀어 보는 인수분해

없는 것들이 지배하는
우주를 깔고 앉아
무심차(無心茶) 잔속으로 빠져 버린 무심(無心)
변신과 변심이
아름다운 카멜레온

방아섬

달빛이 먼저 취해
술상은 어스름하고

백발을 물들이는 그리움
바닷길에 울렁인다

초승에 차는 달도
그믐에 기운 달도

님과 내가 잡은 손으로
빚어 놓은 보름달인 것을

달 띄운 술잔에
파도소리 철썩이네

해바라기 그림자

선 채로 밤을 바래이는 그림자
햇살의 웃음 하나를
접었다 풀고
창백한 진실 하나를
지웠다 쓰며
해바라기 꽃잎을 거두리라
이제 그만 거두리라

눈물 마른 채로
낮을 바래이는 그림자
햇살의 목소리를
기울이다 저어버리고
까치발 키재기 그리움을
전하려다 삼키며
해바라기 꽃잎을 거두리라
이제 그만 거두리라

입술 깨물지 않아도
시절 앞에 바람인 것을
비에 젖어 찾아 보는
해바라기 그림자

차를 마시며

차시(茶詩)를 읽으면
차(茶)가 그리워
들뜬 마음
차를 마시며 결가부좌(結跏趺坐)
거울 같은 찻잔 속은
언제나 연둣빛 봄이다

봄을 마시면
님이 그리워
언 동토를
날숨으로 녹여 보는데
따뜻한 한 모금의 차는
아득한 내 님의 손길이다

봄도 님도 비워지면
차향만 그리워
다시 물길소리
찻잔을 채우는데
뿌리내린 가슴샘은
한 방울 시작하더니
가눌 길 없네

새벽 종소리

산 바람에 출렁이는
새벽 종소리
뒤안길에 고인 눈물샘
시월 상달 띄우고
발길에 부서지는 낙엽들의
비명을 모아
돌팔매 여운으로 달래네

솔바람에 꿈을 깨는
새벽 종소리
치성하는 번뇌를 쫓아
적막의 일심(一心)
별밭을 일구어
님 계신 국토에
씨앗으로 떨어지네

무소유가 소유한 의자

조계산 불일암의 의자엔
오로지 길손이 머문다
월든 호숫가 의자엔
고독과 마주하는 친구
그리고 길손이 머문다

봄을 굴리는 새 울음
꽃잎처럼 흩어져 허공에
허공길 일러주는 의자

가녀린 몸을 태워
숨결처럼 깊어지는 향내음
길 위에 눈을 뜨는 의자

그리움 흔해서 더욱 쓸쓸히
메아리 앉아서 손차양하며
무소유가 소유하고픈 의자

노을빛에 바래이다
귓불 붉어진 그림자 초대받은
무소유가 소유한 의자

네잎 클로버

다시 열어 보는 책갈피
잠 못 이루던 시간들이
클로버 빛 잃은 사이로
잠들어 있다
한 잎 더한 행운은
찾아서 건네주고
붉어진 뒷모습만 남긴 그 소년

아버지 헛기침 허허로운 날
도회로 이사하는 보따리 안고
눈물 감추시던 엄마 등 뒤에서
책가방 속에 챙겼던 네잎 클로버
알면서도 혹시나 기다림으로
울타리 애꽂은 국화 꽃잎 따서
날려 보냈던 멀리 산동네

한 잎 더한 행운을
고사리 손으로 건네주며
눈망울이 초록 초록한 내 손녀

계사년 새해를 맞이하며

호밋자루 손에 들고
서방정토를 일구시는
관음성상 등 뒤에
새로운 햇살이 뜨겁다

굳은 껍질을 깨는
진통으로 다시 태어나
새로운 길에 걸음마를 배우자

태양빛의 실과
투명한 혼을 꼬아
꽃수를 놓고
맑은 향기를 불어 넣으면
밝은 빛이 앞장서는
새로운 길이 열리리라

길 잃은 봄비

내가 싫어서 마신다
하얀 깃에 넥타이
더 높은 곳에 눈동자 맡기고
추락의 두려움 뒷주머니에
빌딩숲 냉소에 평수를 넓히는
이런 내가 싫어
길 잃은 봄비가 된다

참 인생을 위해 비틀거린다
참 사랑을 위해 벗어 던진다
참 행복을 위해 나를 버린다

유치한 철학으로 잔을 채우고
불빛 뒤의 밤이 잔을 비워서
시간도 공간도 초월한
공으로 구울러 러울구 다닌다

내가 좋아서 마신다
쪽머리에 하얀 수건
저만치 내 어머니의 자리에서

땀방울과 눈물방울의 동감
갈증을 채우려 잃어버린 초점
이런 내가 좋아
길 잃은 봄비가 된다

제5부

어느 멋진 날

매화/ 매화차/ 후지산/ 복사꽃 투정이다/ 방생
우정을 맞이하려 서두르는 몸짓/ 어느 멋진 날/ 현호색을 만나려나
산맥의 재채기가 봄인가 보다/ 수선화/ 진달래/ 봄날의 꿈일까
터/ 금각사/ 5월/ 기도/ 당신은
미루나무 그늘에 앉아

매화(梅花)

하염없이 쏟아져
백색 한 장의
서러움이었던 흔적은 어디로…

노루잠 떨치고
알싸한 새벽길
팔베개 젖은 꿈에
휘적이던 감당으로
봄이 먼저 올세라
사랑 사랑 피고 있는
매화

너 향의 그물에
법당 앞 풍경(風磬)
소리없이 두근대네

매화차(梅花茶)

뒷산 솔바람 들락이는
절집 요사채
오랜 세월 금간 툇마루에
나는 님과 마주했거늘
님을 향한 매화차
어찌 하여
비워질 줄 모르는가
꽃잎 유유로움에
님 오신 기적인 줄
알았나이다
매화향 나를 마시니
목 안에 고였던 매화차
눈물이 데불고
함께 흐르네

후지산

후지산은
하늘의 섬
섬은 우리와
언제나 동행하고
우리는 하늘에
배를 띄운다

돛단배는
후지산의 하루
하루는 우리를
하얗게 비우고
후지산에
노을이 된다

복사꽃 투정이다

봄빛이 노닐더니
꿈결은 잦아들고
복사꽃 수줍더니
물결도 연지볼이다
건넛마을
넘보는 빈손에
바람결 깊어지고
만선의 춤사위
비단결 아지랑이
한결 같은
엷은 미소
나만의 바람은
복사꽃 투정이다
숨결 같은
사랑 노래
나만의 봄날은
복사꽃 투정이다

방생(放生)

걷고 싶은 날이 있다
한없이 혼자 무작정
걷고 싶은 순간이 있다

미늘을 뽑는 아픔
옷을 벗어 던지는 가벼움
집을 불사른 바람 한 올
강물에 놓아 주려
그대를 떠난다

울고 싶은 날이 있다
소리 없이 혼자 으악스럽게
울고 싶은 순간이 있다

접었던 지느러미 번득이며
바다에 놓아 주려
나를 떠난다

우정을 맞이하려 서두르는 몸짓

아시나요
소곤소곤 산수유 귓속말
곁에 하고픈 속삭임

아시나요
재잘재잘 개나리 호들갑
어우러지고픈 정다움

아시나요
싱글벙글 목련꽃 동색의 만남
새들의 노래 하얀 그리움

아시나요
풀지 못한 숙제
금산마루에
물음표 지우는 설레임

피어나는 모든 것들은
우정을 맞이하려
서두르는 몸짓

어느 멋진 날

창문에 머물고 있는
하얀 구름이
눈부신 탓으로
미풍의 길을 나서는
어느 멋진 날

스카프 설레임 따라
연둣빛 햇살이
다정한 사이로
한 송이 웃음이 되는
어느 멋진 날

통기타 현을 타고
옥빛 호수에
꽃가지 물결 따라
우리가 되는
어느 멋진 날

현호색을 만나려나

두꺼운 냉가슴
쓸어내리는 폭포 위에
소리 없이 누워 있는 구름 한 점
못 본 체할 수 없어
놀다 가는 4월에
행여 현호색을 만나려나

너와 나만 모르고
하늘과 땅만 알고 있는
그 강변 풀잎 물든 이야기
주머니 곱게 접어
꽃이 되는 4월에
행여 현호색을 만나려나

강건너 기적소리에
모른 채 돌아서던 눈물
호젓한 목소리
깊이 깊이 묻어둔 별들
색색으로 반짝이는 4월에
행여 현호색을 만나려나

산맥의 재채기가 봄인가 보다

산맥의 무거운 밀어는
더 높은 아침으로
먼 듯 가깝게
속살대며 밝아오고

새들의 노래인듯 울음은
인내로 자라는 사랑의 신음
나뭇잎 샛길로 소문거리고
너로 하여 전할까 그대에게

계곡의 흐름은
바다를 향한 일념
쉼 없는 맨발의 고행길
묵언의 아우성 깊어만 가고

굳은 바위 틈 사이
피고 있는 작은 꽃들아
아마도 연둣빛 터트리는
산맥의 재채기가 봄인가 보다

수선화

눈을 감아야
다가오는 계절
바람을 외면하고
걸러낸 시간들
빈 웃음 사이로
눈물 자욱 마른
페이지 위에
글로만 노래 전하다
나이테 선명한
밑둥으로 남으리

꼬리문 창틈으로
하늘바람 봄소식에
꽃인 줄 몰랐던 아픔과
심장을 던지는
비명의 전설로
화들짝 속내까지 피어 버린
수선화
징검다리 계절은
침묵보다 들뜬
소문만 남으리

진달래

마른 미소가
빈 자리를
가꾸고 있는 숲속에
슬프도록 찬란한 순정으로

흔한 언어가
투명한 유혹으로
소멸하는 숲속에
에우리디게의 상실한 노래로

사랑의 눈물이
고운 운명으로
떨어지는 숲속에
하나의 이름이 된 기다림으로

아!
진달래 피면
남몰래 들뜨던 언덕에
연한 연분홍
기다림으로 나서리

봄날의 꿈일까

바람은 아픔을 먹고 사는가 보다
꽃이 피는 아픔
노을이 타는 아픔
파도가 부서지는 아픔

아픔은 사랑을 먹고 사는가 보다
솔잎에 눈물로 맺히는
물안개 사랑
뜨거움으로 상처받는
해바라기 사랑
인연의 끈을 놓지 못하는
괴로움의 사랑

하면
사랑은 무엇을 먹고 사는지?
바람일까
아픔일까
아니면 봄날의 꿈일까
아무래도 깨어나지 못하는
꿈속의 꿈일까

터

온다 해도 간다 해도
낮달은 허공에
터를 베고 누웠는데
자맥질 멈춘
바람 한 줄기가
기다리는 물결의
깃털을 모아
꽃을 피우려 수고스럽다

사랑도 미움도
봄은 매화향
짙은 터에 침묵하는데
그리움 타는
새들의 노래가
방울 방울 떨어져
가지 끝에 영글어
꽃을 피우려 몸살을 한다

비워도 채워도
찻잔은 우주가 되어

시간의 터에 길을 닦는데
빛바랜 바람
잊었던 한 무리가
깨어진 허망의
조각들을 모아놓고
꽃을 피우려 잠 못 이룬다

금각사(金閣寺, 킨가쿠지)

—일본 교토에서

꽃길 따라 가리다
세세생생 거미줄 거두어
무거워진 보따리
모두 내려놓고
내 보은의 마음 하나
흰 구름으로 가벼이
꽃길 따라 가리다

앞뜰 뒷동산
이름 모를 꽃
새들의 노래 먹고
피고 지고

봄날의 하늘 내려와
연못에 노닐고 있는
황금의 눈물
황금의 미소로 지은
금각사(金閣寺)
아미타 계신
찬란한 정토로

내 기도의 마음 하나
꽃잎으로 가벼이
꽃길 따라 가리다

5월

5월
연분홍 치마
연둣빛 저고리에
자주 고름 살짝 물고
그대를 유혹하고 싶은
아침입니다

아직은
떨리는 손 잡고
꿈이 무너지며
가슴에 묻히던 이야기
새들이 콧노래 부르는 숲속
따라 부르며 같이 걸어요
그대여!

5월 주름진 미소 연분홍 연지로
빛바랜 머리카락 연둣빛 햇살로
제비꽃 자수정 반지 약속으로
그대를 유혹하고 싶은 날입니다

물결 깊어도 뜨거운 손잡고
부모님보다 더 많이
살아 숨쉬며 행복한 불효를
용서 받고 감사드려요
그대여!

기도(祈禱)

잃은 것은 아무것도 없습니다
당신을 위하는 큰 뜻으로
버린 것입니다

눈바람 기가 막혀
허허 울던 겨울 나무도
새로운 시작입니다
봄날은 이렇듯
보이지 않게 오는 것입니다

긴 터널 같은 꿈속을
지나온 것뿐입니다
꿈을 깨면 밝은 빛과
신선한 산소가 가득하여
편히 쉴 본래 면목이
기다리고 있습니다

당신을 사람으로 남자로
중생들에게 그늘을 줄
울창한 재목으로

보내신 뜻을 깨우치도록
너무 아프게 내리치는
죽비입니다
큰 마음을 비추어 주는
자비입니다

푸른 숲 가운데 언제나
하늘을 우러르게 하는
곧게 자란 소나무 한 그루
내 기도의 간절함이 닿아
불연(佛緣)의 이 자리
청정 재목으로 영원하기를
엎드려 비옵니다.

당신은

당신은 낙엽을 조롱하는
바람으로 와서는
빛바랜 설움을
모른 체하시나요

당신은 떨어져 가는 길
부여잡는 물결로 와서는
심연에서 함께하자
제촉인가요

당신은 흙으로 돌아가
거름이 되고픈 길을 막고
인내의 잔을 눈물로
채우게 하나요

당신은 무슨 인연으로
해거름 달빛으로 와서는
풀벌레와 온 밤을
울어 지새게 하나요

당신은 푸른 잎 붉게 물들이는
가을로 와서는
철모르는 사랑노래
목이 쉬나요

미루나무 그늘에 앉아

소달구지 흙바람을 먹고
산기슭 학교 가는 신작로에
같이 자라던 미루나무
친구들과 잔돌 살구받기
해거름에도
키 큰 그림자 달빛 따라 왔지

백발의 세월 한 권
잊었던 사람을 다시 잊으려
지운 낙서를 지우고 지워도
미루나무 푸른 잎들이
숨바꼭질하며 하늘이라 하네

아스팔트 매연을 먹고 있는
낮고 가까워진 학교 가던 그 길
벽돌집 그늘에 앉아
눈을 감아야 보이는 미루나무
키 큰 그림자 어린 내가 놀고 있다

제6부

어디로 가야 하나

나 홀로 축배

2013년이 손 흔들며
멀어져 간다

어린 손자 손녀들
산타 선물 자랑으로
한바탕 소란이 지나간 저녁
정리도 싫어진 채
식탁 위에 초록을 꺾어
조그맣게 꽂아두고
개망초 꽃무늬 찻잔에
작설차 우려
향내음 벗삼아
나 홀로 축배

7학년 신발이 기다리는 축담
바람이 먼저 지나가더니
나와 인연한 그 숱한 말과 말들
부질없는 소꿉장난
사람다운 조각의 이삭은
귀하디 귀하고

꾸역꾸역 산소만 축내는 어리석음

이 한 모금 갈증은
인색한 생존의 포말이었나

채우기도 싫어진 채
빈 찻잔엔 낡은 푸념 가득
개망초 꽃무늬에 정을 주며
나 홀로 축배

대한민국 강원도 평창

웃음도 눈물도 아껴 두었다
나중에 더 크게 웃고 울리라

검은 머리, 검은 눈, 검은 강산
동족상잔의 상처는 아물지 않고
허옇게 속은 가난
얻어온 분유로 배를 채우던 시절

세계 사람들이 우리 땅에 와서
놀기를 여러 차례
우리도 그들 땅에 가서
놀기를 여러 차례
아! 대한민국
허리 잘린 아픔을 참아온 태극기
하늘 높이 오르며 지구를 덮었다

웃음도 울음도 이제는
한껏 웃고 목청껏 운다
꿈은 이루어진다!
작은 고추가 매운 맛, 김치의 맛

세계의 국기가 펄럭이며 알아차린
2018년 동계올림픽 평창!

세계가 큰 소리로 합창하는
2011년 7월 7일
상처를 씻어주는 초록비가 종일 내리고
지구는
대한민국 강원도 평창에
감격의 시선을 모은다

허공을 치는 소리

허공을 보려거든
눈을 감아라
목탁소리는 언제나
마실 다니는 나를
불러 모아
내 안의 작은 허공에
안게 해 준다

눈물 떨어져 꽃으로 피고
꽃은 떨어져 웃음으로 지더라

물은 물을 찾아 흘러 흘러
가라앉히며 맑아지려 하고
나는 나를 찾아 안으로 안으로
내려 놓으며 비우려 한다

참소리를 들으려거든
마음을 기울여라
목탁소리는 언제나
꿈속을 헤매는 나를

죽비로 깨워
가야 할 길의 선택에
불을 밝혀 준다

연꽃 피면 날개가 돋아
날개 펴고 우주가 되더라

껍질을 깨트리자
허공을 치는 소리

배롱나무

봉화산 정토원 수광전 앞
백 년을 수행중인 배롱나무
달 그림자 밟고 별을 따다
진여의 환희를 꽃으로 만발하니
팔만사천의 말씀을
보석으로 빚어 나누는 공덕
어두운 가슴마다에
그 빛이 찬란하다

침묵의 계절엔 한을 벗는 지혜
나이테 짙은 계절엔 용틀임 보시
핏빛의 기도는 기다림의 인내
백일홍, 배기롱하다 배롱나무
법비에 다소곳 보살행을 서원한다

노을진 하늘길 북으로 가는 철새
우리는 한 그루 배롱나무에 피는
동색의 뜨거운 백일홍 꽃인 것을
고집스런 곁가지 꺾어라 일러다오
그리하여 손잡고

같은 말 같은 가락 노래 부르는 날
아!
수광전 앞 배롱나무 승천하리라

한 잔의 초록바람

여름방학 긴 장마 속에
아이들과 함께
웃고 울며 놀던 장난감들이
주인을 기다리며 쉬고 있는
창가에 앉아
한 잔의 초록바람을 마신다

통곡 후의 흐느낌마냥
마르지 않는 빗방울
파르르 목련 잎에 머물러
그대 소식 기다리며 한가히
창가에 앉아
한 잔의 초록바람을 마신다

사랑의 노래 무성하던 숲속에
젖은 날개 접은 새들아
비 사이 너희 길을 찾아온
햇살 같은 몸짓을 보고 싶은
창가에 앉아
한 잔의 초록바람을 마신다

초록은 감사의 기도

돌아와 거름이 된
또 다른 삶을 위해
대지는 폭죽을 낭비하며
홍에 겨운 축제 한 마당

흐르다 사랑으로 머문
백일홍 꽃망울을 위해
바다는 파도 자락 너울대며
영원을 약속하는 춤사위

자리를 내어주려 돌고 도는
부대낌의 위안을 위해
뜨거운 입김으로 태양은
씨앗으로 뿌려주는 탄생의 빛

댓잎 성긴 사이로 건너온 돛대
가슴 언저리에 머물기 위해
알면서도 처음처럼 불꽃놀이
초록은 간절한 감사의 기도

울릉도(鬱陵島)

도량석 도시는
행자승 이마에
어둠 밝히는
햇살 한 줌을
홀로 마중나서는 울릉도

등 돌린 언덕에
짙은 외로움
먼 수평선 부르다
굳은 손사래
파도가 전하는
억년의 맹서였나
뱃길에서 읽어보는
기막힌 사연들

지킴으로 지새는
부동의 역사
수직으로 떨어진
푸른 눈물의 마침표
멀어질수록

5월의 가슴에 안겨 오네

도량석 도시는
행자승 목탁소리에
눈을 뜨는
목어 한 마리
홀로 방생 나서는 울릉도

아네모네 꽃잎에 머문 바람

흔들리는 내 그림자
물결 위에 머무는 세월
내 안에 엎드리면
눈물 탓하며
지웠던 이름
다시 또아리 틀면
원죄 선명해
덮었던 페이지

뱃길 꼬리 물고
한 시절인 물거품
부서지는 파도 앞에
굳어진 바위로 서자
소멸하는 아픔이
사랑이라 하자
아네모네 꽃잎에
머무는 바람

꽃의 전설

눈물 마른 울음이
꽃으로 피었다고
소리 없는 웃음이
꽃으로 피었다고
언덕엔 바람이
바다엔 파도가
사랑과 미움을 엮어
빚어내는 꽃이여

바람의 길을
물어 오는 새들아
봄날엔 저마다의 아픔을
풀어 놓은 성찬
알고 보면 너와 나의
외줄 타기 인연
혼란과 상처로 망각을 돌리는
상무 한 마당

아무래도 다하지 못한 말
꽃으로 피어서 전하는
꽃의 전설

어디로 가야 하나

흐르고 있다
보이는 것 보이지 않는 것
참는 것과 참지 못하는 것
어두움과 밝음
흐르고 있을 뿐이다
이름 부르고 있는 봄날
꽃은 피는데
어디로 가야 하나
통곡의 의미는 전할 길 없다

먼지 속에 먼지 하나
너라고 나라고
주고 받은 여울 따라
흐르다 머문 자리
골목길 돌아오던
소식 기다려지는 봄날
꽃은 지는데
어디로 가야 하나
흐르는 것이 삶인가 보다

남도로 향하는 차창에서

희끗 희끗
세월 바래이듯
개망초 꽃무리가 피고 있는
논두렁 겨드랑이에
노오랗게 모이삭이 자라고 있는
남도로 향하는 차창에서

인(因)의 무례함을 사치하고
연(緣)의 무명에 안개 드리우고
무슨 까닭으로 시간은
가는 곳도 모른 채
가고 또 가고 있는지…

허공에다 고집 하나 걸어두고
아름답다 억지하는 슬픔이여
높을수록 깊은 골
가늠하지 못한 채
낯선 기차역에
낯익은 듯 머무네

지심도(只心島)

바다로 향하던 마음 하나
아주 거둘 수 없어
떨구어 논 씨앗으로 자라나
파도에 고개 숙인 그늘까지

동백나무 어른 아이
동색의 숲길에
날개 접은 하늘이 둥지를 틀어
동백 꽃잎 철없이
붉게 피는 지심도

윤회의 바퀴가 맞물리는 아픔
허공을 울리는 바람에게
바람을 울리는 파도에게
적선하듯 곱게 신겨주고

후박나무 가지 끝에
후루루 기척을 남기며
숨바꼭질 새들의 노래 전하는
바닷바람 철없이
푸르게 꿈에 젖는 지심도

섬

외로운 것들은 아름답다
아름답다는 것은
바라만 보고
살아갈 줄 알기 때문이다
숱한 인내의 흔적이
묘법(妙法)을 만들어 우러르게 하고
떠돌이 씨앗들에게 베푼 자리
매연이 싫은 새들
날개 접는 쉼터가 된다

외로운 가슴은 아름답다
아름답다는 것은
넉넉한 행복을 알아차리고
하여 스스로 다가가 부서질 줄 알기 때문이다
성모 마리아를 닮은
내 친구와 나는
받은 은혜만으로
천 년의 자리를 지키며 웃는
작은 하나의 섬이다

합장

얼룩진 세월도
마냥 푸른 바닷바람을 타고
한 시름 놓으려 했었나

눈 아래 욕망이 빛나도
영원과 순간의
미혹에 허우적이며
보다 더 가엾은
눈물도 버린 오늘

합장 속에 가꾼 꿈이여
언제나 대접 받는
한 사발의 썰물이여
사랑은 둘이 아닌 둘
영원히 담을 수 없는
한 사발의 밀물이여

밤새 우는 하늘아

황금의 웃음 앞에
검은 울음은 삶의 몫이던가

돌아오지 못할 길 앞에
깨어 있어야만 하는 아쉬움은
밤잠 설치는 시간으로 주름지는데
대지의 열기를 감당하느라
이 여름밤을
펑펑 쏟아 내리며
밤새 우는 하늘아

걷잡을 수 없는 흐름은
짙은 앙금을 남기고
스스로 거두어야 할 숙명이라
이 여름밤을
우르르 무너져 내리며
밤새 우는 하늘아

한가위 보름달을

솔잎 사이 반달에
세월도 쓸쓸히
시름에 겨워하던 그대에게
두둥실 가득찬 한가위 보름달을
넓은 목련 잎으로
고이 싸서 보내리다

대숲 잠든 밤
이슬 머금고
참새 혀보다 연하디 연하게
뾰족이 내민 찻잎 따서
제손에 쥐어주던
쌉소름 연둣빛 설레임
행여 둥근 달빛으로
고이 접어 품으리다

차향도 외로운 식탁에 앉아
드리고 남은 한 모금 달빛
그대 손길인 양 마시면
걸맞지 않은 눈물일랑
그리움이라 아니 하리다

대나무

먼 바다에서
살던 파도가
초승달 걸린
대숲에 와서
부서진다

눈물 범벅이 된
초승달을 거두고
속을 다 비우면
사랑은 결코
부러질 수 없는 법

버거운 댓잎일랑
툭툭 털어 버리고
빈 가슴으로 숙였다
하늘 향하는 대나무

편백나무 숲에서

눈부신 푸른 햇살이
편백나무 정수리를 타고
나를 흔든다

아름드리 허리를 안고
아무도 들을 수 없는
높고 곧은 향내음의
심장소리를 들어야겠다고
내 속에 숨어 있던 요정이
깃발을 들고 있다

그대를 처음 만난
그날처럼…

올려다보고 서서
옮기지 못하는 발걸음
내 심장의 눈물은 아랑곳
차고 딱딱하고 거칠은
편백나무

눈을 감고 호흡을 멈추어도
언제나 내 앞에
하늘인 양 서 있는
그대처럼…

삶의 진실과 서정적 미학의 구축 작업

– 김말분 시집 《빛으로 사랑으로》의 시세계

홍윤기

일본센슈대학 대학원 국문학과 문학박사(시문학)
국제뇌교육종합대학원대학교 국학과 석좌교수(현)
(사)한국문인협회 고문(현)

보내온 원고 뭉치를 읽으며 우선 안도의 숨부터 내쉬었다. 그 이유는 김말분 시인의 시적 역량이 남달리 탁월하기 때문에 '해설'을 맡은 교수로서 반갑다는 심경이었다. 김말분 시인은 앞으로 한국시단에서 마음껏 시제를 발휘할 것을 기대하며 독자 여러분과 함께 시집에서 손에 잡히는 대로 작품을 뽑아 감상해 보련다.

〈호미씻이〉는 김말분 시인이 우리들 앞에 당당하게 제시하는 참다운 시의 세계다. 새롭다. 그럼 차분하게 읽어보자.

처서에 비 내리고 간밤엔
아미타 부처님 뒷전에서
부엉 부엉 부엉이 울어
하얗게 지샌 낮달이
허공에 버려진 새벽

절간 마당에 잡초나 뽑을거나

여행하던 바닷길
하염없이 바라보며
"보고 싶다 연월심(큰언니)"
같이 할 수 없는 아쉬움에
뱃전에서 속눈물 삼켰던
작은언니와 나

백중 처서 지나온 바람에
호미씻이
"게으른 폐가에 잡초가 무성하니라"
이 새벽 돌아와 다독이는 큰언니 목소리
잡초 이파리 끝에
방울 방울 이슬인 양 맺히네

– 〈호미씻이〉 전문

한국시단에서는 〈호미씻이〉와 같은 한국인 전통의 삶의 가치를 형상화시키는 시작업이 절실하게 요청된다. 그러기에 이 시는 지금까지 다른 시인들이 전혀 다루지 않은 새로운 제재이거나 소재의 빛나는 이미지의 신선한 시작업이라고 평가하련다. 21세기 인터넷 시대이기에 한민족의 세시풍습은 뒷전이란 말인가. 아니다. 더욱 소중하게 보존되고 우리의 후손들에게 전승되어야만 할 '미풍양속' 이다. "백중 처서 지나온 바람에/ 호미씻이/ "게으른 폐가에 잡초가 무성하니라"/ 이 새벽 돌아와 다독이는 큰언니 목소리"(마지막연 전반부)

라는 강렬한 이미지. 그렇다면 김말분 씨. 올 여름 '호미씻이' 때는 큰언니, 작은언니랑 함께 상머리에 둘러앉아 꽁보리밥을 상추쌈에 듬뿍 얹어 입안 그득 번지는 고추장의 진한 향내음이라도 함께 나누고 싶으실 테지. 또한 어찌 진하디 진한 한국인의 정서와 그 속 깊은 풍미를 치즈 버터, 비프스텍 따위와 비교할 수 있을 건가. 여기서 이제 우리는 배도 든든하게 채웠으니 〈선비춤〉으로 넘어가기로 한다.

번데기의 적막에서
나비의 자유는 새로운 길이다

성현들의 말씀 위에
도래질하던 달빛 모아
활짝 펴는 합죽선

곧은 뜻과 여운이 선으로 이은
청기와 지붕을 넘나들며
하늘이 되는 하얀 도포자락
살포시 들어 올려 길을 열어주는
푸른 콧날 세운 버선

너를 잊어야 하는 모색은
나를 버려야 하는 춤사위
돌고 돌아 회오리바람으로
사라지는 허공 덩실대는 강물아
무엇을 지우려 어깨춤 흐느끼나

장단에 꽃걸음 한 시절인데…

– 〈선비춤〉 전문

〈선비춤〉을 감상하자니 문득 동탁 조지훈의 〈승무〉가 연상된다. 지훈이 오동잎 지는 달밤의 승방을 배경으로 외씨버선의 고깔 쓴 고적한 여승의 나비와도 같은 춤사위를 이미지화 시켰거니와 그것은 지금부터 80년 전의 시세계였다. 김말분 시인은 〈선비춤〉의 이미지를 통해 감상적인 '센티멘터리티' 극복을 위해 "너를 잊어야 하는 모색은/ 나를 버려야 하는 춤사위/ 돌고 돌아 회오리바람으로/ 사라지는 허공 덩실대는 강물아/ 무엇을 지우려 어깨춤 흐느끼나"(4연)라고 건강한 시적 역동성(力動性) 구축에 힘썼다. 그것은 곧 한국현대시를 발전시키려는 끈질긴 노력이라고 우선 평가하련다.

그런데 다른 시인들의 경우, 1930년대 '청록파' 시인 등의 세계를 답습하는 경향이 있기에 이 기회에 굳이 그 점 지적해 두련다. 어떤 의미에서거나 지나간 세대의 작풍은 한국현대시 발전 도상의 과정으로 살펴두고 우리는 새로운 시세계 모색에 전념할 일이다. 그런 견지에서 한국인의 농촌 전통 미풍양속으로서의 〈호미씻이〉와 같은 새로운 시작업을 다시금 높이 평가하게 된다. 다음은 〈거미〉다.

우리를 볼모로 하는 끈적임
정(情)이란 무색의 실을 뽑아
날줄과 씨줄의 허공을 짓는다
삶을 위한 방식이
죽음을 부르는 거래인 것을

땅거미 질 때
또 내일을 믿는다
사랑을 따라 나설 땐
시력은 주머니 속에 잠들고
작은 날개에 미동도 멈출 즈음
채웠던 자물쇠 녹슬어
한 줌 재가 된 주인에게 물어도
강물은 어제의 강물이 아니더라
손사래 치는 물결 따라
나를 변명하는 습(習)은
질기게 따라다녀
끝도 시작도 없는 집을 지어
바람이 지붕이라 믿고 잠든
거미

– 〈거미〉 전문

김말분 시인의 〈거미〉의 세계도 새롭다. 우선 시 작품의 마지막 결어에서 시 표제(表題)의 도치법 구사도 흥미롭거니와 과연 현대시의 새로운 오브제(object, F)의 시미학적 대상은 무엇일까 하는 의문을 품어오던 나에게 시인 김말분은 '이 작품이 그것입니다' 하는 해답을 나는 여기서 쉽사리 파악한 느낌이다. 시를 너무 도식적으로 다룰 때, 시는 넋두리가 된다. 일상을 삶의 현장으로서 상징적 배경으로 설정한 김말분 시인의 이런 풍자시야말로 독자에게 자연스럽게 주목받는다고 본다. 화자는 "사랑을 따라 나설 땐/ 시력은 주머니 속에 잠들고/ 작은 날개에 미동도 멈출 즈음/ 채웠던 자물쇠 녹슬어/ 한줌 재가 된 주인에게 물어도/ 강물은 어제의 강물이 아니더라"라는 내면적으로 강력한 새타이어(satire)로써 인간의 삶의 양식에 대한 심도 있는 규명을 하는 독특한 시의 표현 수법으로 김말분 시인은 어느새 독자를 압도하고 있다. 활력이 없는 언어 표현은 詩 아닌 다른 모든 문학 작품에서도 그것은 죽은 글이다. 하물며 詩에 있어서랴. 따라서 〈거미〉에서처럼 시인의 풍자적인 언어는 모두 에너지를 갖고 있음으로써 그 시의 윤활적인 감성(感性)의 전달이 부드러우면서도 역동적인 구조 역학적 작용을 하기 마련이라고 본다. 이번에는 저기 〈배롱나무〉가 서 있는 곳으로 가 보자.

봉화산 정토원 수광전 앞
백 년을 수행중인 배롱나무
달 그림자 밟고 별을 따다
진여의 환희를 꽃으로 만발하니
팔만사천의 말씀을
보석으로 빚어 나누는 공덕
어두운 가슴마다에
그 빛이 찬란하다

침묵의 계절엔 한을 벗는 지혜
나이테 짙은 계절엔 용틀임 보시
핏빛의 기도는 기다림의 인내
백일홍, 배기롱하다 배롱나무
법비에 다소곳 보살행을 서원한다

노을진 하늘길 북으로 가는 철새

우리는 한 그루 배롱나무에 피는
동색의 뜨거운 백일홍 꽃인 것을
고집스런 곁가지 꺾어라 일러다오
그리하여 손잡고
같은 말 같은 가락 노래 부르는 날
아!
수광전 앞 배롱나무 승천하리라

– 〈배롱나무〉 전문

불가 수도의 참다운 상징으로서의 〈배롱나무〉의 시세계는 김말분 시인의 다양한 시 소재 계발의 흔적이 뚜렷하다. 이 작품은 어쩌면 요즘 청소년들에게는 설득력이 미치지 못할 수도 있는 작품 세계다. 그야말로 문학의 다양성 추구라고 하는 시정신으로서 현대시인이 다뤄둘 만한 '붓디즘' 이라는 릴리전의 종교적 가치와 심신 수련의 참다운 깨우침을 그득 담아주고 있다. 스마트폰과 트위터의 첨단 고도산업화 시대의 스피디하고도 번잡한 사회적인 페노메넌(phenomenon/ 현상)은 그 반대급부적 요청으로서 안정된 감각 상황을 적극적으로 수용하려 애쓰기 마련이다. 여기서 첨단 과학시대의 시의 소재와 제재(題材)는 다양하기 마련이다. 그러기에 새로운 현대시의 다채로운 창작물이 등장이 자꾸만 요청된다. 시인은 누구나 여러 가지 형태의 새로운 시창작법을 시도하기 마련이다. 따라서 이 시집에서 〈배롱나무〉를 뽑아 읽으면서 이렇듯 새로운 시세계의 전개는 독자에게 현대시의 가능성 제시만으로도 성공적이라고 말하고 싶다. "노을진 하늘길 북으로 가는 철새/ 우리는 한 그루 배롱나무에 피는/ 동색의 뜨거운 백일홍 꽃인 것을/ 고집스런 곁가지 꺾어라 일러다오”(마지막 연 전반부)에서 독자는 분단된 국토의 아픔과 평화 통일을 염원하는 김말분 시인의 메시지도 파악했으리라고 보련다. 이번에 좀 멀리 우리 ‘동해’ 바다 건너 일본 교토 금각사(金閣寺, 킨가쿠지) 사찰 터로 가 본다.

꽃길 따라 가리다
세세생생 거미줄 거두어
무거워진 보따리
모두 내려놓고
내 보은의 마음 하나
흰 구름으로 가벼이
꽃길 따라 가리다

앞뜰 뒷동산
이름 모를 꽃
새들의 노래 먹고
피고 지고

봄날의 하늘 내려와
연못에 노닐고 있는
황금의 눈물
황금의 미소로 지은
금각사(金閣寺)
아미타 계신
찬란한 정토로
내 기도의 마음 하나

꽃잎으로 가벼이
꽃길 따라 가리다

– 〈금각사(金閣寺, 킨가쿠지)〉 전문

일본 교토 '금각사'는 사찰 터라기보다는 정원이 아름다운 관광지로서의 교토 명소다. 일본의 무사정권이던 이른바 '가마쿠라 막부시대'의 14세기 지배자 제3대 장군 아시카가 요시미쓰(1358~1408)가 사이온지 긴쓰네라는 정권 각료의 산장을 제것으로 물려받아 살던 별장이다. 아시카가 요시미쓰는 죽으면서 유언하기를 '이 별장 일대를 사찰로 만들고 나의 명복을 빌어다오' 했다. 이 때부터 사찰이 되었고, 그 후 여러 동의 사찰 건물들은 모두 사라졌다. 마지막 남아 있었던 불당 '사리전'이었던 금각사(金閣寺, 킨가쿠지)도 금빛 도금으로 번쩍이다가 1950년 7월 2일에 화재로 불타 버렸던 것을 5년 뒤인 1955년에 지금처럼 재건했다. 교토에 가는 한국인 관광객들이 빠짐없이 찾아가는 관광 코스에 들어 있다. 그런데 실인즉 이 사찰 터에서 직선거리로 불과 5백미터 지점에 '히라노신사(平野神社)'가 있다는 것을 아는 한국인은 매우 드문 것 같다. '히라노신사(平野神社)'는 백제 제26대 성왕(聖王, 523~554 재위)의 사당이다. 일찍이 9세기 초에 일본 왕실에서 성왕(聖王)의 명복을 기원하며 성왕의 신주(神主)인 '이마키신(今木神)'의 나무패를 모신 훌륭한 사당이다.

김말분 시인은 "황금의 미소로 지은/ 금각사(金閣寺)/ 아미타 계신/ 찬란한 정토로/ 내 기도의 마음 하나/ 꽃잎으로 가벼이/ 꽃길 따라 가리다"(마지막 연 후반부)라고 돈독한 불심으로 넘쳐 둘러보았다. 이제 한 여름 더위 속에 목 축여 보는

〈매화차(梅花茶)〉도 좋을 성싶다.

뒷산 솔바람 들락이는
절집 요사채
오랜 세월 금간 툇마루에
나는 님과 마주했거늘
님을 향한 매화차
어찌 하여
비워질 줄 모르는가
꽃잎 유유로움에
님 오신 기척인 줄
알았나이다
매화향 나를 마시니
목 안에 고였던 매화차
눈물이 데불고
함께 흐르네

– 〈매화차(梅花茶)〉 전문

〈매화차〉는 김말분 시인의 기교적인 낭만적 감각시이다. 시각적, 청각적인 이미지가 이른바 공감각(共感覺)으로 적층 효과를 형성시키고 있다. 후반부의 역동적인 이미지 구사가 독자에게 무리 없이 어필하고 있다. "뒷산 솔바람 들락이는/ 절집 요사채/ 오랜 세월 금간 툇마루에/ 나는 님과 마주했거늘/ 님을 향한 매화차/ 어찌 하여/ 비워질 줄 모르는가"(전반부)고 전반적으로 절제(節制)된 시어 구사를 하고 있는 점도 바람직하다. 요즘 시가 군소리가 많고 설명적인 산문화 경향에

이 작품은 쐐기를 박는 작업으로 평가하고도 싶다.

김말분 시인의 하이포벌(hyperbole) 수사기법(修辭技法) 동원이 매우 흥미로운 사랑의 시다. 단조로운 것 같은 〈매화차(梅花茶)〉를 사이에 놓아두고 인생과 사랑의 족적, 삶의 내면적 의미 등, 소설 시츄에이션을 상호 상관적으로 즐겁게 묘사하여 독자들에게 제시하고 있다. 다음으로 시집의 표제시 〈빛으로 사랑으로〉도 함께 감상해 본다.

거실로 들어온 겨울이
한결같이 동으로 난
창밖을 바라보고 있다

웃음 속에 들어온 꽃들이
한결같이 무한의
사랑을 바라보고 있다

손자녀의 눈망울 속에
들어온 할미의 가슴이
한결같이 황금빛
룸비니를 바라보고 있다

내리신 축복 속에 들어온
보은(報恩) 니르바나 종(鐘)소리가
한결같이 극락정토를
바라보고 있다

한결같이
빛으로… 사랑으로…

– 〈빛으로 사랑으로〉 전문

〈빛으로 사랑으로〉에서는 현대시의 생명력은 이미지(image)의 다양하고 발랄한 전개 과정이 눈부시게 꽃핀다는 것을 잘 보여준다. 김말분 시인은 일종의 사회시(社會詩)로서의 다채로운 인간의 삶, 특히 '사랑' 이라고 하는 다루기 힘든 콘텐츠를 심미적 방법으로 이미지화 시키는 솜씨가 자못 독특하고 신선하다. 이번 시집에서 전편을 통해 공통적이거니와 리드미컬한 시어 구사 속에 시어 변환의 차원 높은 테크닉을 맘껏 발휘하면서 지루하지 않게 구상화 시키는 작업의 솜씨는 일품이다.

한국의 수많은 시인들은 이미지가 아닌 스토리(story) 제시를 마치 시인 양 착각하고 '시' 가 아닌 '이야기' 를 '시' 대신에 시 행간에다 나열하고 있다. '이야기' 는 '수필' 이나 '소설' 에서 다루는 문학적 언어 표현 방법이다. 그러나 김말분 시인은 이미지의 새롭고 다채로운 표현을 통한 삶의 아픔과 그 심오한 진실을 서정적으로 두드러지게 '빛으로… 사랑으로…' 메타포하고 있어 매우 주목되는 시인이다. 어쩌면 이 작품 세계는 잠언적(箴言的) 알레고리의 메타포가 강한 메시지를 엮어 주목된다. 현대시의 수법은 각양각색이지만 차원 높은 이솝의 페이블(fable, 우화)을 연상시키는 빼어난 메타포가 담겨 있다고 본다. 아무리 좋은 시를 써도 그것을 제대로 평가해 주는 독자가 없다면 시인은 외롭기도 한 것이다.

김말분 시인에게서 앞으로의 정진을 기대하련다.

김말분 시집
빛으로 사랑으로
•
지은이 / 김말분
발행인 / 김재엽
발행처 / 한누리미디어
디자인 / 지선숙
•
121-840, 서울시 마포구 잔다리로 35(서원빌딩 2층)
전화 / (02)379-4514, 379-4519
Fax / (02)379-4516
E-mail/hannury2003@hanmail.net
•
신고번호 / 제300-2006-61호
등록일 / 1993. 11. 4
•
초판발행일 / 2014년 5월 31일
•

•
값 10,000원
•
※잘못된 책은 바꿔드립니다.
※저자와의 협약으로 인지는 생략합니다.
•
ISBN 978-89-7969-479-6 03810